LES CARNETS DE LA HUPPE

Le loup

Anne Pinchart

Illustrations : Thierry Delétraz et Alexis Nouailhat

Sous la direction du Parc national du Mercantour

LIBRIS

Un grand canidé

Une grande famille

Le loup est un mammifère de l'ordre des carnivores et de la famille des canidés, dont il est le plus grand représentant. Cette famille regroupe 35 espèces sauvages, dont le renard, le fennec et le chacal. Toutes possèdent 42 dents, dont quatre grandes canines : les crocs !

Carte d'identité

Nom commun : loup gris
Nom scientifique : *Canis lupus*
Famille : canidés
Hauteur au garrot : 60-70 cm
Longueur : 1-1,50 m • **Queue :** 35-51 cm
Poids : 25-40 kg (mâle), 18-30 kg (femelle)
Longévité : environ 10 ans, jusqu'à 20 en captivité

Une silhouette caractéristique

Si la taille du loup peut fortement varier en fonction de l'origine géographique et de la sous-espèce, elle est en moyenne proche de celle d'un berger allemand, mais son arrière-train est légèrement surbaissé, avec un thorax plus puissant et des membres plus larges, plus longs et plus déliés. Sa tête triangulaire est dotée d'un front large et fuyant, entouré d'un collier de poils longs et denses au niveau du cou, et surmontée d'oreilles, assez courtes et droites.

« Espèce de loup ! »

Le mot « loup » a inspiré maintes expressions. Il est utilisé entre autres pour désigner un poisson vorace (le bar), et des objets comparables à ses crocs (grappin, scie, pince…). Quelques usages plus tendres ont persisté, comme loupiot, louveteau… Une forme ancienne, « leu », se retrouve dans l'expression « à la queue leu leu » et dans des noms de lieux comme Saint-Leu.

Loup gris d'Amérique du Nord.

Loup rouge, loup gris

Le loup témoigne d'une incroyable faculté d'adaptation aux milieux dans lesquels il s'est établi. Cela se traduit par de grandes différences d'apparence d'une sous-espèce à l'autre.
On considère généralement qu'il existe deux espèces de loup : le loup rouge d'Amérique du Nord (*Canis rufus*), sauvé de l'extinction par un programme de réintroduction lancé en 1987, et le loup gris (*Canis lupus*), présent partout dans le monde. Celui-ci se décline en plusieurs sous-espèces suite à l'adaptation aux milieux après l'isolement des populations.

Clin d'œil

« Louvre » signifie à l'origine « lieu où il y a des loups ». Il y avait effectivement autrefois des loups à Paris !

Entre chien et loup

Avec 500 races, obtenues par un long travail de sélection effectué par l'homme, le chien domestique (*Canis lupus familiaris*) est considéré comme une sous-espèce de *Canis lupus*, dont la domestication remonte à 15 000 ans environ. L'homme aurait trouvé dans ce prédateur un précieux compagnon de chasse et un bon gardien pour ses troupeaux.

Malgré sa couleur, ce loup arctique est bien un loup gris !

Des pelages colorés

Le pelage du loup diffère selon son âge, son sexe ou son habitat. On trouve ainsi des loups blancs en Arctique, gris à noir au Canada et gris à fauve en Italie. La coloration du loup en France est le plus souvent un mélange de beige, de fauve et de gris. On observe souvent sur les pattes avant un filet de poils nettement plus sombres. Les joues et la gorge sont plus claires, constituant le « masque facial ».

En France, le pelage du loup gris présente des tons plus chauds.

En France et en Europe

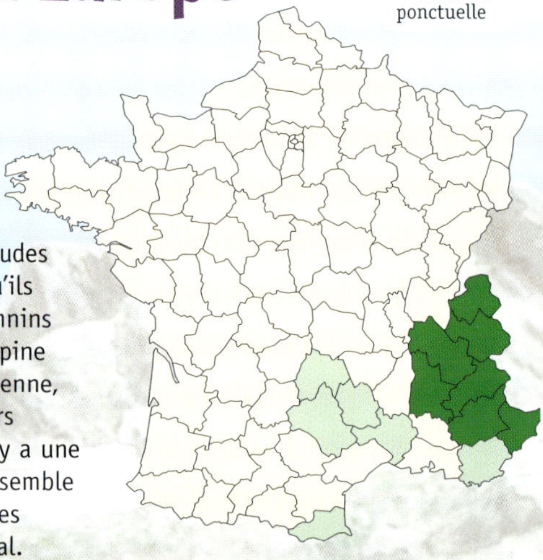

Tout droit venu d'Italie

Un jour de novembre 1992, lors d'un comptage dans le Parc national du Mercantour, des gardes-moniteurs et un garde de l'Office national des Forêts aperçoivent deux loups. Des études entreprises par la suite montreront qu'ils colonisaient les Alpes depuis les Apennins du Nord. Cette nouvelle population alpine appartient donc à la sous-espèce italienne, dont elle porte d'ailleurs les marqueurs génétiques. En 2008, on estime qu'il y a une centaine de loups en France dans l'ensemble des Alpes françaises, et jusque dans les Pyrénées orientales et le Massif central.

Ligabue apporte une preuve

Autre preuve du caractère naturel de cette recolonisation : la migration suivie de Ligabue, jeune loup des Apennins trouvé blessé, soigné, puis relâché muni d'un collier GPS. Cet équipement a permis de suivre avec précision son périple, qui l'a mené jusque dans le Mercantour, dans la vallée de la Roya, proche des Alpes ligures. Ce suivi a permis de confirmer la grande faculté de déplacement du loup, notamment lorsqu'il est en phase d'expansion.

Un habitant de l'hémisphère Nord

Historiquement, le loup gris habitait toute l'Amérique du Nord, toute l'Europe et presque toute l'Asie. Aujourd'hui, il est encore présent dans la plupart des pays de l'hémisphère Nord, mais son territoire s'est réduit et morcelé. Il vit principalement en Europe de l'Est et du Sud, en Russie, du Moyen-Orient à l'Asie, et dans la partie septentrionale de l'Amérique du Nord. On estime actuellement sa population mondiale à plus de 150 000 individus, répartis dans une trentaine de pays.

Une expansion générale

Le loup reconquiert du territoire. La population italienne, d'une centaine d'individus en 1970, est estimée aujourd'hui à plus de 500 loups, répartis sur tous les Apennins. Au Portugal, on compte environ 350 loups, et plus de 2 000 en Espagne. Ils sont nombreux en Pologne (800) et dans certains pays des Balkans (5 000 en Roumanie et en Bulgarie). Ils colonisent aussi la Méditerranée orientale (200 en Grèce) et l'Europe du Nord (100 en Finlande).

Un ancêtre qui grimpait aux arbres

Le tout premier ancêtre du loup serait le miacis, petit mammifère qui vivait il y a 40 millions d'années. Ressemblant à une martre, ce petit carnassier était capable de monter aux arbres, et serait également l'ancêtre des félidés. Cinq millions d'années plus tard, on trouve l'hesperocyon, au museau plus long et aux membres plus fins. Enfin, il y a environ deux millions d'années, on pouvait rencontrer le loup tel qu'on le connaît aujourd'hui.

Sans frontière

Si la carte génétique des loups de France (lignée Mercantour-Italie) est identique à celle de leurs congénères italiens, il en est de même pour les loups installés aujourd'hui dans les Alpes suisses. Quant à l'Allemagne, elle semble accueillir aujourd'hui des loups venus de Pologne.

Un habitat varié

Le loup ne vit pas seulement dans les forêts profondes de nos contes de fées. Il colonise des milieux très divers, des montagnes et plaines d'Europe aux grandes étendues de l'Arctique en passant par les milieux arides de l'Asie.

Des changements favorables

Depuis une vingtaine d'années, la « désertification » de certains secteurs de montagne, l'abandon de terres agricoles, la reforestation rapide de certaines zones rurales et l'augmentation des proies sauvages du loup ont contribué à créer des conditions écologiques idéales pour sa réinstallation, notamment en Europe de l'Ouest.

Doué et très adaptable

Un odorat très sensible

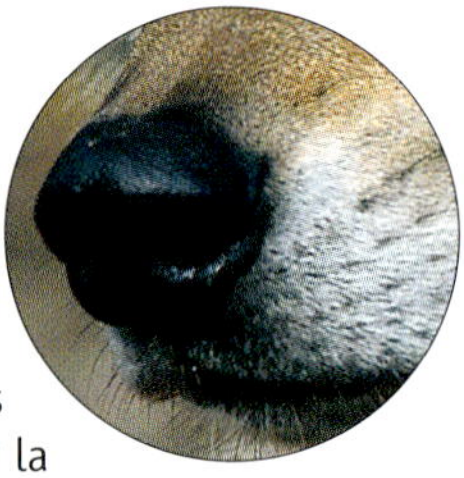

Indispensable pour identifier ses congénères, pour chasser, mais aussi pour déceler la présence d'un danger, l'odorat du loup est très fin. C'est vraisemblablement son sens le plus développé. Le loup peut sentir ses proies jusqu'à plus de 2 km si le vent est en sa faveur. À titre comparatif, il possède vingt fois plus de cellules olfactives que l'homme, et peut sentir des choses imperceptibles pour nous.

Une ouïe fine

Le loup peut entendre le hurlement d'autres loups à une distance d'une dizaine de kilomètres. Son ouïe lui permet de percevoir et de discerner un large spectre de sons, y compris les ultrasons. Elle est importante pour la communication, mais aussi pour la chasse et la survie. À cette ouïe fine, s'ajoute la possibilité d'orienter ses oreilles indépendamment l'une de l'autre dans la direction du bruit à identifier.

Prudent avant tout

« Un matin d'hiver au cœur du Parc, je passe à dix mètres d'une dépouille fraîche de mouflon partiellement consommée. En fin d'après-midi, j'observe la zone et aperçois un loup, seul, qui sort de la forêt et se dirige droit vers la carcasse. Mais juste avant d'y arriver, le loup croise ma trace du matin. Il renifle alors le sol avec insistance, et, aussitôt, rentre sa queue entre ses pattes, rabat ses oreilles et regarde tout autour de lui. Il cherche « l'humain », dont il a reconnu l'odeur plus de 6 ou 7 heures après mon passage et sur neige fondante ! Il finit par faire demi-tour. L'inquiétude et la prudence l'emportent sur la faim... »

Gérard Millischer, Parc national du Mercantour

Voir de jour comme de nuit

Le loup semble avoir une faible vision frontale mais une très bonne vision périphérique. Son champ visuel est de 250°, contre 180° chez l'homme. C'est au crépuscule ou à l'aube que sa vision est la plus performante. En effet, ses yeux sont tapissés d'une couche de cellules réfléchissantes qui lui permet de voir par très faible luminosité. Cette particularité rend ses yeux brillants dans la pénombre dès qu'ils sont éclairés, ce qui alimenta les terreurs d'autrefois.

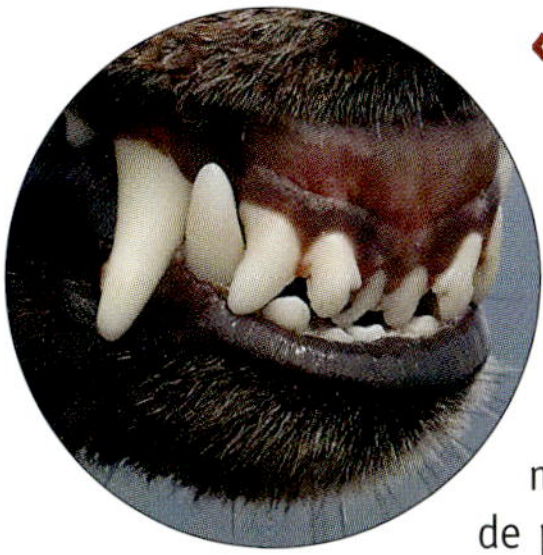

« Comme tu as de grandes dents ! »

Les quatre crocs du loup mesurent 4 à 5 cm et servent à mettre à mort les proies. Pour les dépecer, en revanche, le loup utilise ses incisives tranchantes. Il ne mâche pas sa nourriture, mais arrache des morceaux de viande qu'il avale entiers, ses prémolaires et molaires servant à broyer les os. Les muscles de sa mâchoire, très puissants, peuvent exercer une pression de plus 150 kg/cm^2 (le double d'un gros chien !).

Un coureur de fond

Il trotte, il trotte, le loup gris...

La morphologie du loup est particulièrement bien adaptée au trot, tout en lui permettant des déplacements très rapides : plus de 50 km/h lorsqu'il poursuit ses proies. Ses omoplates plus obliques que celles du chien lui offrent une plus grande aisance de mouvement. Ses pattes musclées et robustes, dont le large pied agit comme une raquette, favorisent ses déplacements dans la neige. Le loup peut parcourir jusqu'à 60 km à la recherche de nourriture. Un record de 190 km en 24 heures est d'ailleurs attesté.

Vrai ou faux?

L'isolation thermique du loup est si bonne que la neige ne fond pas sur son dos.

Vrai. La fourrure du loup ne laisse pas s'échapper la chaleur de son corps.

La fourrure du loup gris est très imperméable.

Une fourrure à toute épreuve

La fourrure du loup se compose de deux types de poils : des poils laineux qui assurent une excellente isolation thermique, et des poils de couverture, longs et raides, érectiles et imperméables. À partir du printemps, les loups des régions tempérées commencent leur mue. En été, leur pelage est moins dense et plus court. Puis, dès le début de l'automne, des poils beaucoup plus denses et plus longs se développent progressivement pour constituer une belle fourrure soyeuse et volumineuse.

Un régime opportuniste

L'hiver, le mouflon est une proie de choix pour le loup.

Un carnivore gourmand d'ongulés

En France, mouflons, chevreuils, chamois, cerfs, sangliers… et moutons constituent 90 % du régime du loup. Les petites proies (marmottes, lièvres, petits rongeurs…) viennent compléter son menu. Le mouflon, bien moins adapté à la neige que les autres ongulés, est l'une des proies sauvages de choix pour le loup en hiver. Le bouquetin, qui se tient sur des parois rocheuses difficiles d'accès, est moins sensible à la prédation de ce carnivore.

Vrai ou faux?

En Mongolie, les loups n'hésitent pas à chasser les chameaux.

Vrai.

Une faim de loup…

Le loup peut se montrer charognard, et visite les poubelles dans certaines occasions. Il adapte son menu aux circonstances, pouvant se résigner à consommer des graines, des fruits ou des champignons si la situation l'exige. Il lui arrive aussi de manger de gros insectes, des oiseaux et leurs œufs, des batraciens, des reptiles, ou encore des poissons. Ce régime opportuniste lui a permis de s'adapter à de nombreux milieux.

Des repas irréguliers

Si les besoins alimentaires du loup varient en fonction de la taille des individus, on estime toutefois qu'un loup de 35 kg mange en moyenne 2 à 3 kg de viande par jour. Mais, à l'occasion d'une belle prise, il peut en manger 6 à 8 kg en une seule fois, puis jeûner pendant plusieurs jours si la chasse est infructueuse.

Le sanglier compte parmi les proies occasionnelles du loup en Europe.

Chasser en meute permet de s'attaquer à de grandes proies.

Un redoutable chasseur

Pour une proie de taille moyenne, l'attaque peut être directe, et la mise à mort par morsure très rapide. Pour une plus grosse proie, la chasse se déroule d'une manière différente. Une fois que la proie est repérée, soit les loups l'isolent, puis la harcèlent jusqu'à ce qu'elle soit totalement épuisée, soit un loup la rabat vers le reste de la meute. Dès que la proie donne des signes de faiblesse, les loups les plus rapprochés cherchent à la mettre à terre. Un adulte dominant la saisit alors au museau ou à la gorge afin de la mettre à mort.

Clin d'œil

Dans la légende inuit de Kaïla et Amorak, il est dit que « le caribou nourrit le loup, mais c'est le loup qui maintient le caribou en bonne santé ». En effet, le loup élimine les caribous malades et évite à la population de caribous de proliférer et de manquer de nourriture.

Au moment du repas, se pose la question de la hiérarchie.

Pas d'efforts ni de risques inutiles

Le loup est opportuniste dans le choix des espèces (chamois ou mouflon, par exemple) comme dans celui des individus (un jeune ou un adulte malade). Ainsi, il privilégie toujours la proie la plus facile à capturer. Une analyse des restes de ses repas a montré que la majorité de ses proies étaient malades ou affaiblies. Enfin, si la proie choisie se défend avec plus de vigueur que prévu et risque d'occasionner de graves blessures aux loups, bien souvent, ceux-ci préfèrent abandonner.

Le loup dans la bergerie...

Le loup et l'agneau

En France, malgré la présence de nombreux grands herbivores sauvages tels que chamois, chevreuil ou cerf, les loups attaquent les troupeaux domestiques. S'ils s'en prennent aux vaches et aux chevaux en Espagne, en France, les victimes sont surtout les moutons et les chèvres. Certes, il est parfois difficile de distinguer leurs attaques de celles que de certains chiens. Toutefois, l'expérience montre que dans les secteurs où le loup est implanté, la plupart du temps, c'est lui le responsable des dommages !

Carcasse de brebis tuée par un loup dans le Mercantour.

Soixante ans sans loup

Depuis la disparition du loup et avec la politique agricole de l'Europe, les pratiques pastorales ont bien changé en France : les éleveurs n'emploient plus systématiquement de bergers pour garder leurs troupeaux. Or, ces derniers atteignent souvent 2 000 à 3 000 bêtes ! Le loup est donc vécu comme une contrainte supplémentaire pour l'élevage ovin qui connaît déjà d'importantes difficultés économiques et sanitaires.

De grosses pertes pour les éleveurs

Les loups tuent en moyenne deux à trois moutons par attaque, et ce dans 75 % des cas. Mais, parfois, une attaque peut déclencher un tel mouvement de panique au sein du troupeau qu'un grand nombre de bêtes « dérochent » (terme qui signifie qu'elles font une chute mortelle dans un précipice depuis une falaise ou une barre rocheuse). Aussi, la protection du loup en France ne peut aller sans mesures de protection des troupeaux et indemnisation de leurs propriétaires.

Plus le troupeau est important, plus il est difficile de le protéger des attaques du loup.

Limiter l'impact du loup à tout prix

L'État a pris un certain nombre de mesures visant à indemniser les bergers dont des bêtes sont victimes d'attaques de loups, et à faciliter la protection des troupeaux. Cabanes, abreuvoirs, parcs, clôtures, chiens de protection, aides-bergers… contribuent à améliorer la situation. Quand les troupeaux sont parqués dans un enclos nocturne et bien surveillés par les chiens de protection, les risques d'attaques sont fortement diminués. Malgré les aides, cela entraîne des coûts et des contraintes pour les éleveurs. C'est pourquoi, en France, la profession agricole reste défavorable au loup.

Avec le chien, berger et clôture protègent le troupeau.

De haute stature, le patou est un chien impressionnant.

Le patou, un adversaire de taille

Ce gros chien blanc d'origine pyrénéenne tisse de forts liens affectifs avec les moutons, parmi lesquels il vit en permanence, l'été en montagne et l'hiver en bergerie. Ces liens le conditionnent pour réagir instinctivement à toute agression contre le troupeau, autour duquel il crée une zone de protection, se tenant prêt à éloigner tout intrus. Dès qu'il sent un danger, il s'interpose en aboyant. Si l'intrus insiste, le chien peut alors aller jusqu'à l'affrontement.

Vrai ou faux?

Le patou est dressé pour attaquer le loup.

Faux. Le patou est éduqué pour la dissuasion : sa corpulence et ses aboiements suffisent généralement à tenir en respect les prédateurs.

Des ânes gardiens de troupeaux?

On ne sait pas encore quelle pourrait être leur efficacité réelle face au loup, mais les ânes sont déjà utilisés pour protéger les petits troupeaux de mouton. Ils ont l'odorat fin, une vue et une ouïe performantes qui leur permettent de sentir les chiens venir. Ils sont capables de ruer tout en courant, poursuivent et tentent de mordre chiens et coyotes. Sans oublier qu'un âne qui brait s'entend à plusieurs kilomètres. Mais il faut bien sûr qu'un berger puisse intervenir rapidement quand l'alerte est donnée.

Une bien mauvaise réputation

L e mangeur d'homme

Le loup a souvent été représenté de façon fantaisiste et exagérée. Certes, s'il n'est pas le mangeur d'hommes que l'on a longtemps décrit, il reste potentiellement dangereux. Mais cette dangerosité à ne pas nier est sans commune mesure avec celle nos chiens domestiques, dont les attaques et les victimes ne se comptent plus (4 à 6 morts et plus de 500 000 morsures par an signalées). L'homme continue pourtant d'avoir peur des animaux sauvages, réputés plus imprévisibles que les animaux domestiques.

Parfois symbole de vie...

Pour les Mongols et les Turcs, le loup est le symbole de la naissance ou d'une vie après la mort. Ainsi, Gengis Khan, le plus grand héros mongol, aurait pour ancêtre le loup bleu, et les premiers Turcs seraient issus d'un enfant épargné d'un massacre et qu'une louve aurait nourri. Dans la mythologie grecque, le loup est associé à la naissance d'Apollon et d'Artémis, enfants de Zeus et d'une terrienne, que Zeus transforma en louve pour lui éviter les foudres d'Héra, sa femme. La mythologie romaine rapporte pour sa part la légende de Remus et Romulus, qui échappèrent à une mort certaine grâce à une louve qui les allaita.

... Parfois symbole de mort

Guide des morts dans la mythologie égyptienne, le loup est le symbole de la nuit dans la mythologie hindoue. De son côté, le loup des religions scandinaves, Fenhir, est un dieu destructeur qui combat Odin, le dieu suprême, et meurt avec lui à l'issue du combat.

Les enfants-loups

Que penser de ces enfants élevés par des loups, comme les deux petites filles, Amala et Kamala, découvertes en 1920 vivant parmi les loups à proximité d'un village indien ? Certains spécialistes pensent que seuls les enfants autistes ou schizophrènes sont capables à la fois de vivre dans des conditions aussi rudes et d'établir des contacts privilégiés avec les animaux sauvages. Quoi qu'il en soit, de nombreux cas d'enfants-loups sont répertoriés depuis le premier cas découvert en 1344, et prouvent à eux seuls que les loups ne sont pas les mangeurs d'hommes que l'on croit.

Une diabolisation bien partagée

La religion chrétienne a établi très tôt un parallèle entre le Christ et le berger, les fidèles et les brebis, le diable et le loup. Les protestants, plus spécifiquement, se représentèrent dans quelques fameux tableaux en agneaux égorgés par les loups catholiques, symbole repris aux XVIe et XVIIe siècles lors de la persécution des protestants dans les Cévennes.

Charles le Téméraire dévoré par les loups après la bataille de Nancy en 1477 (gravure de H. Dutheil, 1868).

Toujours le mauvais rôle

Le loup a longtemps eu dans la littérature un bien mauvais rôle. Rappelons-nous le loup du *Petit Chaperon rouge*, celui de *La chèvre et les sept chevreaux*, celui des *Trois Petits cochons*... *Le Roman de Renart*, récit du Moyen-Âge, met en scène un goupil qui n'a de cesse de tromper le loup Ysengrin, sot et cupide. Le loup des *Fables* de La Fontaine, tantôt cruel comme dans *Le Loup et l'Agneau*, tantôt idiot comme dans *Le Lion, le Loup et le Renard*. Il a fallu attendre la fin du XXe siècle pour que le loup soit réhabilité dans la littérature : *Croc Blanc*, de Jack London, ou encore *Le Livre de la jungle*, pour ne citer que les plus célèbres, ont redonné au loup de meilleurs rôles.

« Qui te rend si hardi de troubler mon breuvage ? »

Des expressions qui en disent long

Entre chiens et loup : désigne le crépuscule, ce moment où on ne peut distinguer un chien d'un loup.

Une faim de loup : une faim vorace.

Les loups ne se mangent pas entre eux : les méchants ne se nuisent pas entre eux.

Se jeter dans la gueule du loup : se précipiter d'une façon imprudente dans une situation difficile.

Être connu comme le loup blanc : être connu de tous.

De la destruction à la protection

Déclaré ennemi du peuple

C'est sous le règne de Charlemagne que l'extermination du loup commença à s'organiser. Dans chaque comté, des officiers, les *luparii*, avaient pour rôle d'organiser sa destruction sur leur territoire. Trois siècles plus tard, est instauré le premier titre de louvetier du roi. Puis, en 1520, par ordonnance de François Ier, chaque province se voit dotée d'un lieutenant de louveterie chargé de débarrasser le royaume des loups. Enfin, à partir de 1789, et ce jusqu'en 1992, le droit de chasser le loup fut accordé à tous.

Un lieutenant de louveterie en tenue d'apparat (tableau de Lauret, 1845).

Des primes à la clé

Une ordonnance royale de 1768 officialisa le versement de primes pour toute destruction d'un loup. La prime la plus intéressante (48 livres) était accordée pour la prise d'un loup enragé. Venait ensuite la prime pour une louve pleine (18 livres). Multipliées par cinq au XIXe siècle, ces primes étaient très intéressantes pour un paysan qui gagnait péniblement 200 à 300 livres par an. La disparition du loup est donc aussi très liée à l'intérêt pécuniaire que représentait sa dépouille.

La rage, un bon prétexte

Les travaux de Pasteur sur la rage désignèrent le loup comme l'un des vecteurs principaux de la maladie et encouragèrent sa destruction.

Chronique d'une extermination

À la fin du XVIIIe siècle, on comptait environ 14 000 loups en France et quelques milliers étaient tués chaque année. Tous les moyens étaient bons : fusil, poison, bâtons, pièges, fosses à loup…
Au XIXe siècle, on passe à quelques centaines de loup tués chaque année pour arriver à la fin du siècle à une population estimée à moins de 7 000 individus. Et si en 1850, il était déjà en voie d'extinction dans 31 % de nos départements, il semble que le dernier loup de France fut tué en 1937 en Limousin.

Loup pris dans un piège à mâchoires (gravure de 1843).

Vrai ou faux?

Le braconnage est aujourd'hui la première cause de mortalité du loup en France.

Vrai. Un long travail d'éducation et d'information est à entreprendre.

Qui a le plus peur ?

Le loup a beaucoup plus peur de l'homme que l'homme n'a raisonnablement peur du loup. Ainsi, le loup évite l'homme autant que possible. S'il repère sa trace olfactive à proximité d'une proie, il peut y renoncer par simple précaution. En revanche, du fait de sa grande adaptabilité comportementale, il est aussi tout à fait capable de mettre cette peur de côté pour aller chercher de la nourriture aux portes d'un village.

Il ne proliférera pas

Le loup est toujours présent en assez faible densité sur un même territoire. Pour maintenir cet équilibre et ajuster sa population à la quantité de nourriture disponible, il semble que les loups pratiquent une autorégulation des naissances. Le loup peut ainsi ne pas se reproduire une année ou générer de plus petites portées. Les jeunes de deux à quatre ans peuvent aussi être amenés à quitter la meute (en général à l'automne ou au printemps) si celle-ci devient trop importante. Par ailleurs, un grand prédateur ne prolifère jamais, car il mettrait en péril les populations de ses proies, et donc lui-même.

Des lois qui le protègent

La convention de Berne, ratifiée par la France en 1990, déclare le loup « espèce strictement protégée », de même que la directive Habitats de 1992. Toutefois, ces deux textes prévoient en dernière limite et par dérogation des possibilités de capture ou de destruction des loups pour prévenir des dommages importants causés au bétail, *« à condition qu'il n'existe pas une autre solution satisfaisante et que la dérogation ne nuise pas à la survie de la population concernée »*.

Tué en 1987 à Fontan, dans la vallée de la Roya (Alpes-Maritimes), ce loup était probablement l'un des premiers individus à franchir la frontière italienne.

La vie en meute

Les loups sont des animaux sociaux organisés en cellule familiale : la meute.

Un groupe familial

En Europe, les loups vivent en meutes de deux à huit individus en moyenne. Seul le couple dominant se reproduit et ses descendants constituent le reste de la meute. En hiver, la dépendance des loups entre eux est plus forte et le clan a tendance à se renforcer. Des tensions se font sentir quand les proies se raréfient, au moment du rut, ou tout simplement lors des luttes pour la domination de la meute.

Un territoire bien marqué

En France, une meute occupe un territoire de 200 à 300 km^2, matérialisé par des marquages olfactifs (urine et excréments), qui sont surtout le fait du couple dominant. Ces marquages ont une fonction dissuasive, la meute défendant jalousement son territoire contre les meutes rivales. Les combats restent toutefois rares, chacun des protagonistes préférant éviter tout affrontement en respectant la propriété (aux limites certes fluctuantes dans le temps) des clans voisins.

Un territoire bien marqué évite les conflits de voisinage.

La communication vocale

- **Aboiement sourd et bref :** cri d'alarme ou de surprise.
- **Jappement :** joie et amitié.
- **Grognement ou grondement :** agressivité ou sentiment d'irritation plus ou moins fort.
- **Geignement :** signe amical de bienvenue, voire de soumission.
- **Hurlement :** un moyen de resserrer les liens dans la meute et de communiquer avec les autres meutes.

Les hurlements auraient aussi un rôle dans le marquage du territoire.

Une hiérarchie stricte

Silhouette caractéristique d'un loup dominé.

Comme dans toute société, la meute a ses codes et ses règles sociales :
- Couple alpha : parents de la majorité des membres de la meute. Chaque partenaire règne sur les individus de son sexe. Le couple alpha est le premier à se repaître des proies capturées, et généralement le seul à se reproduire.
- **Mâle bêta :** doit allégeance ou couple dominant, couvre parfois la femelle alpha et domine le reste de la meute.
- **Subordonnés :** jeunes des années précédentes participant à toutes les activités.
- **Loup omega :** membre totalement soumis au reste du clan se reconnaissant à ses attitudes serviles.

Tout un langage !

Pour communiquer, le loup utilise toute une panoplie d'expressions faciales et de postures. Ce langage peut exprimer la colère, la menace, la joie, ou encore la soumission. Il renseigne aussi sur le statut du loup au sein du groupe. Quand le loup se soumet à un dominant, il met sa queue entre ses pattes jusqu'à ce qu'elle lui touche le ventre, et peut même se coucher sur le dos en exposant sa gorge et ses parties génitales. Quand il a peur, même s'il montre ses crocs, le loup qui couche ses oreilles témoigne de sa soumission. Un loup dominant menaçant retroussera aussi les babines, mais gardera les oreilles dressées et la queue relevée.

Couché sur le dos, le loup exprime sa soumission.

Des couples et des louveteaux

À l'approche du rut, les contacts entre les deux loups alpha deviennent plus fréquents.

Le couple dominant

Dans la plupart des meutes, seul le couple dominant se reproduit.
La période du rut s'étale en général de fin janvier à avril, et c'est par l'odeur de son urine que la louve informe le mâle de sa disponibilité. Pendant la période qui précède la saison des amours, ce dernier intensifie le marquage du territoire, et des luttes parfois violentes pour le droit de reproduction peuvent remettre en cause la hiérarchie de la meute. De son côté, la femelle alpha fait preuve d'une agressivité grandissante envers les autres louves et inhibe leur instinct de reproduction.

Une seule portée par an

La louve n'a ses chaleurs qu'une fois pas an et met au monde une seule portée de fin avril à fin mai. La première portée d'une femelle comporte généralement un à trois petits, puis augmente avec l'âge pour atteindre en moyenne quatre à six louveteaux. Suite à une baisse des effectifs de la meute, les portées peuvent compter jusqu'à onze petits. À l'inverse, en cas de manque de nourriture, il peut se passer une année sans mise bas.

La femelle dominante s'accouple parfois avec d'autres loups que le mâle dominant.

Vrai ou faux

Si la louve alpha vient à disparaître, une autre louve s'occupe des petits et peut même les allaiter.

Vrai.

Le choix d'une tanière

Il existe en général plusieurs tanières, ou louvières, sur le territoire de la meute. C'est la femelle dominante qui choisit l'une d'elles pour la mise bas. La tanière peut être un ancien terrier de blaireau ou de renard agrandi, ou un terrier creusé pour l'occasion. Elle comprend une ou deux entrées menant à une chambre peu aménagée, et se situe généralement non loin d'un point d'eau.

Deux jours après la naissance, une portée de louveteaux dans la tanière.

Des petits craquants !

Les louveteaux naissent aveugles et sourds, et le restent une bonne dizaine de jours. À la naissance, ces petites boules de poils aux yeux bleus et aux oreilles pendantes pèsent 300 à 500 g. Leur pelage est bien adapté au froid, et leur survie est surtout conditionnée par l'abondance de la nourriture. Dans les grandes portées, il est rare que tous les petits survivent.

Les petits, l'affaire de tous

Le taux de prolactine, une hormone qui favorise la lactation et le comportement parental, est élevé chez tous les loups adultes de la meute pendant la période des naissances. Cette hormone contribuerait à l'acceptation des petits et à la prise en charge des louveteaux par la meute. Tous veillent à leur sécurité et peuvent participer à leur nourrissage.

Quelques semaines d'allaitement

Quelques jours avant la naissance, la louve perd une partie des poils de son ventre autour de ses cinq paires de mamelles qui se gonflent de lait. Elle allaite ses petits durant quatre à six semaines environ. Dès la troisième semaine, cet allaitement est complété par de la viande régurgitée par les adultes de la meute, la mère restant avec ses petits à l'abri dans le terrier jusqu'à leur sevrage.

La louve est une mère très attentive avec ses louveteaux.

Grandir et s'émanciper

Le louveteau est capable de hurler dès l'âge d'un mois.

De timides sorties

Dès la troisième semaine, les yeux des louveteaux commencent à s'ouvrir et leur ouïe à se développer. Les louveteaux sortent alors de temps à autre de la tanière, entrent au contact des autres membres de la meute et découvrent sa hiérarchie.

Le louveteau quémande de la nourriture à sa mère en la léchant.

Le site de rendez-vous

Dès que les louveteaux ont entre six et dix semaines, la meute va s'établir sur un « site de rendez-vous ». Elle dispose de plusieurs de ces sites, qui peuvent être distants de quelques kilomètres. La meute y reste en général entre dix jours et deux mois. C'est là que les louveteaux attendent le retour des plus grands partis chasser. Ils restent parfois seuls, ou, le plus souvent, avec la femelle alpha ou un autre adulte.

La difficulté de survivre

En moyenne, seul un louveteau sur deux atteint l'âge adulte. Les maladies, les accidents, le manque de nourriture, les rivalités, les autres prédateurs et les hommes sont autant de dangers qui guettent les loups les plus jeunes.

Jouer pour apprendre

Les louveteaux jouent toute la journée. Ils se poursuivent, se battent, se mordillent, sautent, roulent à terre ou se cachent. Dans le jeu déjà, se distinguent ceux qui savent se faire respecter et qui peut-être un jour deviendront chef de meute. Le jeu apprend au petit loup à communiquer avec les autres ; il fait ainsi l'apprentissage de la vie collective et prend sa place dans le groupe.

Le jeu est l'occasion de découvrir les relations de domination et de soumission.

Des apprentissages vitaux

Ce n'est que devenu louvards que les jeunes découvrent l'étendue du territoire de la meute et observent les actions de chasse des adultes. Enfin, à partir de huit mois, ils participent pleinement aux activités de la meute et font progressivement le long apprentissage de la chasse qui doit les conduire à pouvoir survivre seul.

À chaque âge son nom

- Jusqu'à 6 ans : louveteau ou loupiote
- De 6 mois à un an : louvard ou louvarde.
- De 1 à 2 ans : jeune loup ou jeune louve
- De 2 à 4 ans : loup ou louve
- De 4 à 5 ans : vieux loup ou vieille louve
- De 5 à 8 ans : grand loup,
- Après 8 ans : grand vieux loup

Le loup atteint sa maturité sexuelle vers deux ans.

Partir ou rester ?

À l'âge d'un an, le jeune loup voit la meute s'agrandir par la naissance d'autres louveteaux. Si la taille de la meute et la ressource alimentaire le permettent, le jeune loup y reste parfois jusqu'à l'âge de cinq ans. Dans le cas contraire, il lui faut la quitter pour trouver un territoire et un partenaire afin de fonder sa propre meute. Pour cela, il peut parcourir jusqu'à 500 km. Il est en revanche très rare qu'un loup soit accepté par une autre meute que la sienne.

Solitaire, donc vulnérable

La recherche d'un nouveau territoire est une période très critique pour le loup. D'abord parce qu'il est un animal social et a grandi en groupe, mais aussi parce qu'à ce moment de son existence, il affronte seul de nombreux dangers.
Il est parfois repoussé très violemment par d'autres meutes. Il chasse seul ce qui est à la fois beaucoup moins efficace et plus fatiguant. Il doit aussi parfois traverser des routes, des rivières...

Une vie à haut risque

Louveteau renversé par une voiture dans les Apennins.

La mort prématurée

L'espérance de vie d'un loup à l'état sauvage est en théorie d'une dizaine d'années (jusqu'à 20 ans en captivité), mais on sait que cet âge est rarement atteint. Il semble que peu loups dépassent les dix ans. Pour les jeunes, le manque de nourriture et les conflits avec les autres loups dans le cadre de la recherche d'un territoire sont les principales causes de mortalité. Plus généralement, les accidents, les maladies, les blessures provoquées par les proies, et l'homme, surtout, constituent les principaux dangers qui menacent le loup.

Des chiffres pour la France

Depuis les années 1990, vingt-six cas de morts recensés nous renseignent sur les dangers qui guettent les loups, sans toutefois être suffisants pour avoir une réelle valeur statistique. Si un loup a été victime d'une avalanche, sept sont morts sur la route, deux par empoisonnement, onze du braconnage, cinq de tirs officiels de l'administration (Alpes du Nord).

Vrai ou faux?

En Amérique du Nord, plus de 65% des loups morts prématurément sont victimes du trafic routier.

Vrai.

L'homme, ennemi numéro un

Pour le loup, les activités humaines représentent le facteur de mortalité le plus important : braconnage, empoisonnement, dégradation de son habitat, accidents de la route... Même dans les pays où le loup est protégé, on estime que la mortalité annuelle due à l'homme est de 20 à 30 %. L'homme s'en prend au loup quand le loup attaque ses troupeaux, ses animaux domestiques, mais aussi à son gibier ! Le loup est en effet parfois vécu comme un concurrent par les chasseurs et comme une menace par les éleveurs lorsqu'il s'en prend aux troupeaux domestiques.

Dans les Rocheuses (USA), une limitation de vitesse spécifique a été mise en place pour protéger le loup.

Deux louveteaux se disputent un lapin.
Il en va parfois de leur survie.

Quand la nourriture est insuffisante

La malnutrition est la première cause de mort prématurée des louveteaux de moins d'un an. Une bonne nutrition, donc un bon poids, est un gage de survie. Le premier automne et le premier hiver sont des étapes difficiles à franchir pour les louveteaux sous-alimentés, alors que dans les régions où les proies sont abondantes, les petits ne sont pas plus vulnérables que les adultes.

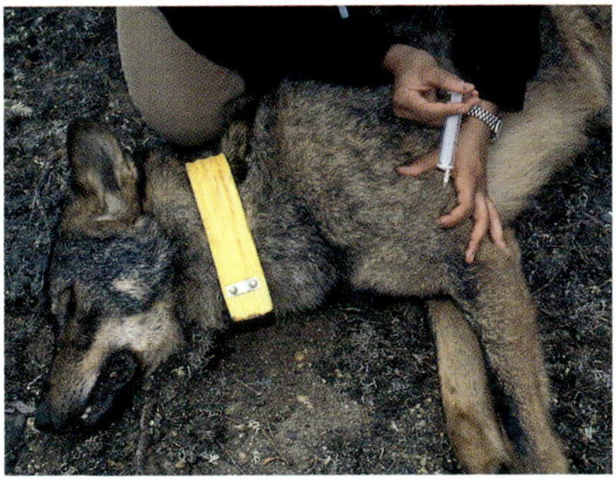

Injection de pénicilline à un loup ibérique pour éviter une infection.

Diverses maladies

Parvovirose, leptospirose, hépatite de Rubarth... toutes sortes de maladies très contagieuses menacent le loup. Si les animaux en captivité en sont facilement victimes, il semble que les loups sauvages leur résistent beaucoup mieux. Le loup peut également être victime de la maladie de Carré, transmise par le chien, et dont les diverses manifestations (digestives, respiratoires, cutanées, oculaires et nerveuses) peuvent coexister et provoquer la mort de l'animal. Enfin, le loup est parfois touché par la rage, qui lui est généralement transmise par le renard.

Vrai ou faux?

Les loups aussi ont des poux.

Vrai. Ce sont les louveteaux qui sont les plus touchés.

La rage

Contrairement au renard, le loup n'est pas un vecteur important de la rage. Le nombre de cas de rage chez le loup recensés en Europe excède rarement trois à quatre par an. L'organisation sociale de la vie en meute protège le loup des épidémies. Car si le virus peut conduire à la destruction d'une meute par contagion interne au groupe, sa propagation à d'autres meutes reste peu probable, les territoires étant peu enfreints.

Une rencontre très improbable

Au détour d'un chemin

En dehors des spécialistes de l'observation qui parcourent la montagne à sa recherche, rares sont ceux qui peuvent se vanter d'avoir rencontré un loup en pleine nature. Il faut pour cela qu'il ne vous ait ni senti, ni entendu, ni vu venir... Mais ça arrive. Ceux qui l'ont croisé racontent souvent comment il s'est immobilisé, puis éloigné plus ou moins rapidement. À défaut de le voir, d'autres ont parfois vu ses traces ou entendu ses hurlements.

Rencontre fortuite avec un loup au détour d'un sentier dans le Parc national de la Vanoise.

Rester prudent

Il est avéré que l'homme n'est pas une proie pour le loup et que ce dernier a peur de l'homme. Toutefois, la dangerosité d'un carnivore de cette taille, doué pour la capture et mise à mort d'animaux plus grands que lui, doit inciter à la prudence.

Les crottes sont l'indice le plus fiable pour l'analyse de la provenance des loups et de leur régime alimentaire.

Des parcs à loups

Pour observer les loups, à l'affût ou au moment de leur repas, visionner des films ou visiter des expositions dont il est le sujet, les parcs à loups sont une très bonne adresse. Pour n'en citer que quelques-uns, notons le centre Alpha, à proximité du Parc national du Mercantour, le parc à loups du Gévaudan, en Lozère, le parc de Courzieu, dans les monts du Lyonnais, ou encore la maison des Loups, en Ariège.

À ne pas faire

Les excréments du loup sont souvent riches de parasites. Il est préférable de ne pas les toucher ni même de s'en approcher.

Des empreintes proches de celles du chien

Comme le chien, le loup possède cinq doigts aux pattes avant (le cinquième, le pouce, n'apparaît pas dans l'empreinte) et quatre aux pattes arrière. Selon les chiens auxquels on le compare, la taille des pattes peut être très proche. Seul le suivi d'une piste permet de faire la différence (la piste du loup forme une ligne droite) et peut conduire à d'autres indices (proies, urines, excréments...).

Loup (8 cm x 10 cm)

Renard (4 cm x 5 cm)

Trois loups ont marché dans les mêmes traces (Abruzzes, Italie).

Polyphonie sauvage

« Une nuit d'hiver, seul dans un petit hameau perdu au cœur du parc, j'entends des loups hurler très distinctement. Ils doivent être tout près. Dehors, il fait un froid de canard et la nuit est totalement noire. Ils sont manifestement nombreux et c'est une suite de longs hurlements, d'aboiements, de grognements, une polyphonie sauvage presque musicale, qui résonne dans l'air glacé et emplit tout l'espace... Je ne peux m'empêcher de ressentir cette sorte d'appréhension que les hurlements suscitent. Tout à coup, à la suite d'un grognement agressif suivi d'une plainte, tout s'arrête. Le lendemain matin j'ai retrouvé leurs traces sur la neige : ils étaient au bord du torrent, à moins de cent mètres de la maison ! J'en ai compté sept. »

Gérard Millischer, garde-moniteur au Parc national du Mercantour

Des traces à identifier

En marchant, le loup déporte ses pattes à l'intérieur. Ses pas forment donc quasiment une ligne droite. Pour économiser leurs forces, les loups marchent souvent les uns derrière les autres dans la neige fraîche, dans les traces de l'individu qui les précède (à la queue leu leu). Il est alors difficile de les dénombrer ; il faut pour cela pouvoir observer plusieurs aiguillages, où les loups marchent côte à côte.

Joue avec le loup

Mercantour

X	U	A	E	P	U	O	R	T	A	X
S	P	E	L	E	V	A	G	E	D	U
E	R	U	E	S	S	A	H	C	A	A
R	E	R	I	O	H	C	A	M	P	E
O	D	U	O	D	O	R	A	T	T	T
V	A	A	R	E	C	U	N	U	A	E
I	T	E	V	L	A	C	E	R	T	V
N	E	N	U	R	N	M	T	I	I	U
R	U	G	E	U	I	R	C	T	O	O
A	R	A	O	H	D	A	M	R	N	L
C	D	I	S	P	E	R	S	I	O	N
E	D	R	A	N	G	O	R	A	H	C

Le mot caché

Retrouve dans cette grille tous les mots de la liste. Attention, ils peuvent être écrits dans tous les sens, de droite à gauche et de bas en haut, et même en diagonale. Avec les lettres restantes, trouve le mot caché qui t'indiquera un lieu où le loup est installé France.

ADAPTATION
AGNEAU
CANIDÉ
CARNIVORES
CHAROGNARD
CHASSEUR
CROC
DISPERSION
ÉLEVAGE
HURLE
LOUVETEAUX
MÂCHOIRE
MEUTE
ODORAT
PRÉDATEUR
TIR
TROUPEAUX
VUE

Solution : Mercantour.

Le labyrinthe

Aide ce loup à retrouver sa meute.

Les anomalies

Ce dessin présente sept anomalies. Trouve-les toutes !

Solution : 1. Le loup qui hurle a une patte palmée. 2. La chouette a un chapeau. 3. L'arbre est reprisé. 4. Il y a deux lunes. 5 et 6. Le loup de droite a des dents de rongeur et une queue de rat. 7. Le loup de gauche a des oreilles de lynx.

Le compte juste

Combien y a-t-il d'empreintes de loup dans ce dessin ?

Solution : 11.

« Qui a entendu le loup ? »

Le loup marche à pattes de velours… On ne l'entend pas venir et il a si peur de nous qu'il se fait le plus discret possible. Pour jouer à ce jeu, il faut compter au minimum cinq joueurs, et plus on est nombreux, mieux c'est ! Un enfant fait le loup. Les autres s'assoient en ronde, les yeux fermés, la tête baissée. Le loup fait le tour de la ronde lentement et le plus discrètement possible… Dans la maison, il se déplace en chaussettes, et dehors, il faut jouer dans l'herbe. Les enfants de la ronde doivent être très attentifs pour essayer de le repérer. Quand l'un d'entre eux pense que le loup est juste derrière lui, il s'exclame « J'ai entendu le loup ! », et le loup doit s'immobiliser, le temps de vérifier si c'est vrai. S'il s'est fait repérer, il s'assoit et l'enfant qui l'a entendu prend sa place.

Joue avec le loup

Apprend à dessiner une tête de loup

Reproduis ce croquis, étape par étape, et tu pourras épater tes parents et tes amis. Un peu de technique et d'entraînement, et le tour est joué !

Le dessin mystère

Relie les points de 1 à 61 et découvre l'une des proies du loup.

Qui se cache là ?

Avec ces lettres, reconstitue trois noms de canidés.

P C O O L E C
A
T O C L A H Y U

Solution : chacal, coyote, loup.

L'intrus

Quel est l'intrus parmi ces carnivores ?

Solution : E. Le chien, qui est le seul animal domestique.

Charades

Dans mon premier pâture le bétail.
Mon deuxième est un fruit poussant sur un palmier.
La montre peut donner mon troisième.

Mon tout indique la position du loup dans la chaîne alimentaire.

Solution : prédateur
(pré - datte - heure).

Quand on ne sait pas, c'est à mon premier qu'on donne sa langue.
Mon deuxième n'exprime pas la bonne humeur.
Mon troisième peut être contemporain.

L'hiver, quand les proies viennent à manquer, le loup peut devenir mon troisième.

Solution : charognard
(chat - rogne - art).

La bonne ombre

Trouve la seule ombre qui correspond à ce loup gris.

Solution : D.

Quiz

Voici quelques questions qui vont te permettre de vérifier si tu as bien retenu ce que tu as lu. Attention, il n'y a qu'une réponse juste par question, les autres propositions sont complètement fausses. Gare aux pièges !

1 Le loup a pour ancêtre
A ☐ Un dinosaure aux longues dents.
B ☐ Une sorte de martre qui grimpait aux arbres.
C ☐ Un ours à la gueule allongée.
D ☐ Une hyène rouge.

2 Il n'est pas du tout un « loup gris »
A ☐ Le loup blanc de l'Arctique.
B ☐ Le loup noir du Canada.
C ☐ Le loup fauve d'Italie.
D ☐ Le loup rouge de Louisiane.

3 La silhouette du loup se distingue de celle d'un berger allemand
A ☐ Par sa queue plus longue.
B ☐ Par ses oreilles plus pointues.
C ☐ Par ses pattes plus longues.
D ☐ Par sa gueule plus allongée.

4 Le chien est considéré aujourd'hui comme
A ☐ L'ancêtre du loup.
B ☐ Une sous-espèce du loup.
C ☐ Un cousin du loup.
D ☐ Une espèce qui n'a rien à voir avec le loup.

5 Les loups arrivés en France en 1992
A ☐ Arrivaient tout droit d'Italie.
B ☐ Venaient d'Allemagne.
C ☐ Étaient originaires de Pologne.
D ☐ Venaient d'Espagne.

6 Le loup s'installe surtout
A ☐ Dans les forêts profondes.
B ☐ Dans les régions désertiques.
C ☐ Dans les régions froides.
D ☐ Là où ses proies sont nombreuses.

7 Les yeux du loup sont tapissés de cellules qui lui permettent
A ☐ De voir dans la nuit noire.
B ☐ D'avoir une très bonne vue au crépuscule.
C ☐ De voir loin quelle que soit la luminosité.
D ☐ D'avoir une bonne vision périphérique.

8 Pour avoir une chance de voir un loup, il faut
A ☐ Hurler comme un loup une nuit de pleine lune.
B ☐ Se cacher sur le bord d'un chemin en attendant son passage.
C ☐ S'offrir une visite dans un parc aux loups.
D ☐ Se promener de nuit.

9 Les crocs du loup lui servent à
A ☐ Dépecer sa proie.
B ☐ À arracher des morceaux de viande.
C ☐ À broyer les os.
D ☐ À mettre à mort ses proies.
E ☐ À faire peur aux enfants.

10 En Europe, le loup se nourrit essentiellement
A ☐ De petites proies comme les rongeurs.
B ☐ De moutons.
C ☐ D'ongulés sauvages.
D ☐ De charognes.

11 Pour économiser leurs forces, les loups chassent
A ☐ Chacun son tour.
B ☐ Tous ensemble, en meute.
C ☐ Seulement quand il y a des petits à nourrir.
D ☐ Uniquement des animaux peu rapides à la course.

12 En France les loups avaient disparu

A ☐ Depuis plus d'un siècle.
B ☐ Depuis près de trente ans.
C ☐ Depuis plus de soixante ans.
D ☐ Depuis le XVIIIe siècle.

13 Le patou, est un chien de protection efficace

A ☐ Parce qu'il a des liens affectifs très forts avec les moutons.
C ☐ Parce qu'il est dressé pour se battre contre les loups.
D ☐ Parce qu'il obéit au doigt et à l'œil à son berger.
E ☐ Parce qu'il est blanc et que le loup ne le remarque que trop tard.
F ☐ Parce qu'il a des crocs plus puissants que ceux du loup.

14 Le loup fut exterminé surtout

A ☐ Parce qu'il répandait la rage.
B ☐ Parce qu'il décimait les troupeaux et affamait les populations.
C ☐ Parce que de bonnes primes récompensaient sa destruction.
D ☐ Parce qu'il proliférait dangereusement.

15 La meute se constitue

A ☐ Autour d'une bande de jeunes loups ayant sympathisé.
B ☐ Autour d'un vieux loup solitaire qui a de l'expérience.
C ☐ Autour d'un couple de parents, le couple alpha.
D ☐ Autour d'une louve qui a en charge la reproduction de la meute.

16 Le couple dominant

A ☐ Est le couple des loups les plus forts.
B ☐ Est le couple qui a le pouvoir sur le reste de la meute.
C ☐ Est un couple qui change d'une année sur l'autre.
D ☐ Est le couple des plus beaux loups de la meute.

17 Chez le loup, les relations entre meutes voisines

A ☐ Sont plutôt cordiales ; elles chassent parfois ensemble.
B ☐ Sont très limitées, chacun reste chez soi.
C ☐ Donnent lieu à des affrontements réguliers.
D ☐ Conduisent souvent à l'extermination d'une d'entre elles.

18 Le loup peut marquer sa soumission

A ☐ En jappant tout en se couchant sur le dos.
B ☐ En grognant tout en se redressant.
C ☐ En geignant, la queue entre les pattes.
D ☐ En portant la queue en panache et en hurlant le cou tendu.

19 Les louveteaux sont mis au monde

A ☐ Dans une tanière, souvent installée dans un ancien terrier.
B ☐ Sous un buisson, sur un lit de feuilles.
C ☐ À même le sol, au site de rendez-vous.
D ☐ Dans une sorte de nid de branches confectionné pour l'occasion.

20 Très vite les louveteaux complètent leurs tétées par

A ☐ De petites proies qu'ils chassent seuls.
B ☐ De la viande que leur régurgitent les adultes.
C ☐ Des pommes de pins et des fruits.
D ☐ Des os qu'ils rongent patiemment.

Réponses

1 : B. 2 : D. 3 : C. 4 : B. 5 : A. 6 : D. 7 : B. 8 : C.
9 : D. 10 : C. 11 : B. 12 : C. 13 : A. 14 : C.
15 : C. 16 : B. 17 : B. 18 : C. 19 : A. 20 : B.

Crédits photographiques

Jean-Jacques Alcalay/Biosphoto : 25
Henry Ausloos/Biosphoto : 8 b, 19 h
M. Biancarelli/Biosphoto/Panda photo : 16 b
Joël Blanchemain/Parc national des Écrins : 24 m
Michael Breuer/Biosphoto : 18 b
Diane Castanet & Olivier Hervieu/Biosphoto : 16 m
Jean-Paul Chatagnon/Biosphoto : 16 h
Sylvain Cordier/Biosphoto : 9 b
Jean-Louis Cossa/Parc national du Mercantour : 11
Carlo Dani & Ingrid Jeske/Biosphoto : 3
Dominique Delfino/Biosphoto : 9 h
Daniel Faure/Parc national du Mercantour : 10 b
Frédéric Fève/Biosphoto : 17
Gauthier Grienche/Parc national de la Vanoise : 24 h
Kerstin Hinze/Biosphoto : 7 m
Christian Joulot/Parc national du Mercantour : 2 h, 6
J.-L. Klein & M.-L. Hubert/Biosphoto : 2 b, 7 h, 9 m, 18 h, 19 b, 20, 23 h
Alain Mafart-Renodier/Biosphoto : 22 b
Luca Manieri/Biosphoto : 22 h
Carla Mantero/Centre Alpha : 4
Francisco Marquez/Biosphoto : 23 b
Musée international de la Chasse (Gien) : 14 h
Jean-François Noblet/Biosphoto : 12, 15
Alain Pons/Biosphoto : 21
Gilbert Rossi/Parc national du Mercantour : 24 fond
Pierre Vernay/Biosphoto : 17 m
Robert Valarcher/Biosphoto : 10 h
Robert Valarcher/Parc national du Mercantour : 8 h
Roger-Viollet : 13 h, 14 b

Couverture : Christian Joulot/Parc national du Mercantour

Ont participé à l'élaboration de cet ouvrage :

Parc national du Mercantour
Jean-Louis Cossa, Éric Le Bouteiller (coordination)
Patrick Orméa, Gérard Millisher, Gilles Delacour, Benoît Lequette, Florent Favier (documentation, relectures)

Office national de la chasse et de la faune sauvage
Avec tous nos remerciements pour leurs contributions à l'équipe du Centre national d'études et de recherche appliquée sur les prédateurs et animaux déprédateurs : Yannick Léonard, Éric Marboutin et Christophe Duchamp

Office National de la Chasse et de la Faune Sauvage

Dessins naturalistes : Thierry Delétraz

Dessins d'humour : Alexis Nouailhat

Libris (éditions Glénat)
37, rue Servan – BP 177 – 38008 Grenoble Cedex

Suivi éditorial et mise en pages : Sandrine Stefaniak/Libris (Glénat)

Dépôt légal : juin 2008
ISBN : 978.2.84799.200.7